JN211895

こんな日は空を見上げて

やまもとさいみ詩集

土曜美術社出版販売

詩集　こんな日は空を見上げて＊目次

詩集　こんな日は空を見上げて

I

こんな日は

こころ縮んだ
こんな日は
空を見上げてみる
その向こうにある
世界のできごと
宇宙の果てなど
考えてみる

あたまパンク

こんな日は
ただただ歩いてみる
見える風景
からだひねって
違った角度で
撮ってみる

じぶんが嫌い
こんな日は
ごろんと寝転び
目をつぶる
暗闇に見える
湿った階段
下りてみる

こころ折れた
こんな日は
ゆっくり本棚
眺めてみる
まじめな顔でならぶ本
てきとうに取って
ひらいてみる
深呼吸ひとつするみたいに

そう、こんな日は

長い船旅

ある日とつぜん
あてのない船旅が始まった

ゆうらゆうら
揺れる日々

岸へ戻りたくても戻れず
不安を飲み込んで過ごす

きっと誰もが
自分の意志とは関係なく
ある日とつぜん
不条理の海へ放り出されるのだ

戦いであれ
災いであれ
病であれ

いま平穏な時を刻んでいても

明日の風の行方など
誰が知るであろう

それならば

生まれたばかりの赤ん坊が
狭い産道を抜けたあと
初めて肺呼吸をし
全身で泣き叫ぶあの力を

今日この一日に
かたむけてみよう

この船が揺れ
この世界が揺れ
今日この一日が

たよりなく揺れたとしても

国境

灼熱の太陽の下
赤茶けた地表が果てしなく続く
越境を試みた者がわざと着せたのか
ぼろぼろのTシャツが
十字に組まれた一本の棒にかぶせられ
風もない大地でひらひらと舞い
まるで見張り役のように
国境を見つめている

きみは遺物
国境の遺物
国境の軌跡
乾きと闘った
行方不明者の
怨念の遺物
が創作した遺物

何もない広大な荒野のようでいて
確かに存在する
見えない一本の境界線

数千本の空のペットボトル
眼が閉じない古びた人形

底の破れた片方だけの靴
子供服が入ったままのリュック
風化した自転車
タイヤ　タイヤ　タイヤ
そこには打ち捨てられたもの
わざと残されたもの
たどり着けなかった者らの
屍が横たわっている

豊かな大国への国境は
果てしなく遠く
戦う相手は
敵兵でなく
貧しさでなく

国境という
利権の遺物

踊るヒト

男が中腰のまま
両手をだらりとおろし
からだを左右に揺らし踊っている
まるでゴリラのようなその男のうしろで
女が真似をし
からだを左右に揺らし踊っている
聞けばラテンダンスの原型らしい

わたしは遥か時をさかのぼり

ヒトがヒトになったかならないかの時代
動かなくなった小さないのちを
胸に抱きしめる母親が　ゆらゆらと
からだを左右に揺らし
それを見ていたおんなたちが
母親の揺れに同調し　ゆらゆらと
からだを左右に揺らし
それを見ていた父親が
おんなたちの揺れに同調し　ドンドン　ドンドン
からだを左右に揺らして足踏みし
それを見ていたおとこたちが
父親の揺れに同調し　ドンドン　ドンドン
からだを左右に揺らして足踏みしているのを
この目で　見た気がした

ひもじさに耐え
さむさに耐え
いたみに耐え
かなしみ　くるしみの多い
なんと過酷な生だったろうか
その生を
人類はかなしみを共有し
ともに踊り
乗り越えてきたのではないか

ならば銃を捨て
ペンを置き
ヒトはただ　からだを揺らして

いまこそ踊らなければならないのではないか
かの地で今日も消えていった
あまたの　いのちのために

いつも

わたしたちは
愛し合った
空白の白のように
点線の点のように
わたしたちは
求め合った

離れていても
同時に光る
宇宙信号のように

必然に出会い
求めては出会い
繰り返し出会い

身体を合わせて
震え合った

確かめる

手で触れて
あなたが
ここに
いることを
確かめる

頬に触れて
体温を
確かめる

からだに触れて
かたちを
確かめる

手と
手で
目と
目で
肌と
肌で
言葉と
言葉で
確かめる

ああ、生きていたのかと
存在を
確かめる

いのちを
確かめる

確かめあう

秘密

繋いだ手の中に
秘密がある

太陽と植物みたいに
誰に知られずとも
わかる二人だけの秘密が

とても穏やかで
とても大胆な

誰もが羨む秘密が

交わした視線の中に
秘密がある

遥か遠く昔に放たれた光が
今この地を照らすような
果てしもない秘密が

出会った瞬間
気づいてしまう秘密が

ヒトノカタチ

打ち砕かれて
削られて
次第に小さくなっていく
ヒトノカタチ

心に浮かぶイメージは
涼しい笑顔の美しいヒト
どんなに注意を払っても

未熟さは
そのままカタチになって現れる
削りすぎを補おうとすれば
いびつさは増すばかり

ああ
最初から作り直したい
そう思う
だけどこれは人生と同じ

スタート地点はいつだって　今
と気づく
このゴツゴツした未熟な石像
このカタチから始まる

打ち砕かれても
削られても
美しいヒトノカタチを
目指して

Ⅱ

透明な翠色（みどりいろ）の瓶に沈む液体

学生時代
バックパックを背負って
ヨーロッパを巡った
1986年7月のこと
マーケットでパンやチーズを買い
安宿で食べるような旅

スイスのインターラーケンの宿で
ここの水道水は飲めるのかと尋ねると

受付の女性は私の目をじっと見つめた

やめておきなさい
ヨーロッパは陸続きなの
チェルノブイリ（チョルノービリ）から
一七〇〇キロ離れていても
安全とは言えないわ

そうだった
その年の4月
原発事故があったのだ

2012年9月
あのチェルノブイリから約一三〇〇キロ

初めて訪れたキエフ（キーウ）は
曇天に小雨が降っていた
独立広場やその通りでは
車や人がにぎやかに行き交い
ウクライナがまだ平和で
クリミア半島が侵攻されたり
ミサイル攻撃で大勢が死んでしまうなど
想像すらしなかった頃だ

夜には
ビジネスパートナーたちとウォッカを飲み
ボルシチやステーキなどを食べ
未来の仕事の話をした
そう　わたしたちには

たしかに未来があった

パートナーの一人は歯科医師で
わたしのプレゼンテーションの通訳者
彼からウクライナウォッカを手土産にもらい
今でも透明な翠色の瓶に沈む液体を見るたびに
青年だった彼のことを思い出す

キエフの専門学校の壇上で
わたしがプレゼンテーションをしていると
隣にいた彼の携帯電話が鳴り始め
彼はためらわず電話に出た
仕事はひとつも取りこぼすまい
そんな思いだったのだろうが

五十名の学生たちは彼の通訳を待つしかなく
わたしは壇上で苦笑いするしかなかった
しばらくして彼は電話を切ると
何事もなかったように通訳を続けた
そう
彼は当時そんな青年だった
奥さんと幼い子供も二人いて

2022年2月
突如はじまったロシア軍の侵攻
ウクライナは国民総動員令で
十六歳から六十歳の男性は出国ができなくなった
歯科医師は兵士にならずに済んだのだろうか

あるいは志願して武器を手にしたのだろうか
透明な翠色の瓶に沈む液体を見るたびに
あのとき一緒に飲んだウォッカがいまになって
わたしの胃を焼きながら流れてゆく

ザポリージャ原発が
ロシア軍により完全に制御不能と報道されたとき
ウクライナには建設中のものも含め
十五基の原子力発電所があると知った

核を必要とするものがいて
核を盾にするものがいて

そしてわたしはふたたび

透明な翠色の瓶に沈む液体のなかに
あのスイスの安宿で見た女性の目を思い出すのだ

やめておきなさい
ヨーロッパは陸続きなのよ
一七〇〇キロ離れていても
安全とは言えないわ

あの、警告に満ちた目を

小さな手が運んできたものは

目の前に差し出されたのは
透明の小さなグラスに入った
琥珀色のあたたかい紅茶
トルコチャイ

運んできた小さな手が忘れられない

何も言わないけれど
少年のはにかんだ表情

深い瞳のやさしい目は
「どうぞ」と言っている
「ありがとう」
覚えたてのトルコ語で笑顔を返す

三時間ほどの滞在中に
少年は三度
ほんのり甘い
トルコチャイを運んできた

帰り際
日本のキャンディを
小さな手のひらいっぱいに載せると
「ありがとう」と

こどもらしい笑顔が返ってきた

シリア国境まで五〇キロ
トルコ南東部の町
ガジアンテップ
訪問した顧客先にも
街中のパン屋にも
土産物店の入口にも
働く少年たちがいた
学校に行かず
お茶くみから掃除
雑用なんでもこなす
少年たち

かつては日本にもいた
丁稚奉公に出された
貧しい家庭の少年少女たち
今の日本では想像もつかないけれど

数個のキャンディに喜ぶ九歳の少年は
先輩にまざって休憩中にタバコを吸う
それがごくあたりまえの日常

今きみは何をしているのだろう
文字を学ぶより先に
お茶くみを仕事にしていた少年よ
琥珀色のチャイとともに
きみはどんな大人になったのだろうか

世界はこんなに近くなったけれど
本当に近くなったのだろうか

小さな手が運んできたものは
きみから世界への
　大事な宿題だったような気がする

ボタン

きのうまで宝物だった小さなボタンが
なぜか今日は色褪せて見え
次の日からは机の引き出しに仕舞ったきり
見向きもしなくなってしまう

そんな日が訪れるのを知っているから
わたしはキラキラ光るボタンを見つけても
もう昔のように浮かれて拾ったりしない
少しだけ微笑んでから知らないフリを決める

そうやって
少しずつ何かが消滅して
凹んだわたしの中に
疼きの暗さが居座るようになった

引き出しの中にある数々のボタンは
止むことのない耳鳴りのように
わたしの中に形なく転がっている

柿若葉

冬を越した柿の枝は
茶色一色
武骨な木
だと思っていたけれど

四月のある朝
一瞬で恋に落ちた
誰かさんみたいに

湧き上がる感情を
抑えきれない様子で

小さく芽吹いた
新緑の葉っぱを

全身くまなく
いっせいに

恥ずかしそうに
まとっているのだ

まるでつやつや光る

ビロードドレスさながらに

やがて
みどり色の
小さな実が
生(な)ることなど
夢にも思わず

りんご

りんごひとつ
テーブルの上
真っ赤になって
怒っている
家に帰ってまで
怒られるのはごめんだから
皮をむいて
切り分けて
塩水に浸してやった

どうだ
これで少しは
頭も冷えただろう
涼やかな顔で
白い皿に並べられた
やさしいりんごよ

ひとつぶの雨

大空を
一気に落ちる
ひとつぶの雨
あるがまま
すべてをゆだね
落下する

たとえ木の葉に掬われ
　枝枝を伝い落ちようとも

たとえ大きな音を響かせ
　トタン屋根の上で撥ね散ろうとも
たとえ小さな流れに出会い
　大海への川を下ろうとも

彼らの旅は
どれも尊く
どれもいとおしい
決して戻ってはこない
幼き日の思い出のように

晴れ上がり
静かにきらめく
ひとつぶの雨

いずれは
地熱と共に
天に昇り
ふたたび雨となって
地上に降りそそぐことだろう

ちいさな命の旅だけれど
地上によろこびを届ける
雨となれ

アッ　四篇

アッ

アッ
とあの人が夜空を指さしたので
つられるように空を見上げたら
フワッとくちびるが降ってきて
そこら中の鐘が高らかに鳴った
祝福するようにだれかがうたう
わたしのくちびるのうえで

恋心

あのひとを
思わずにはいられない
自分で自分の
心臓を止められないように

抱擁

逃れようのない抱擁に
わたしは果実みたいに
熟して落ちた

恋

わたしが林檎なら
あなたは地球
いつだって
あなたにむかって
落ちてゆく

夜明け

おんなの夜は
白々と明けたりしない
濃紺の闇がすこしずつ
透き通るように明けてゆく

長かった夜から
ようやく目覚めた後の
パリパリに乾いた早朝の大通り
誰もいないがらんどうの世界を

ひとりで大手を振って歩くような
心地よい静寂

ながいながい
おんなの夜は
そうやって明けてゆく

Ⅲ

一期一会

ときおり
眠れない夜などに
ある人のことを思い出す

女子大生だったわたしは
社会調査法という授業の一環で
バブル直前の東京の雑踏から
新幹線と電車を乗り継いで
ひどい片田舎へ出かけていった

調査対象者のリストとアンケート用紙を携え
宿からバスに乗ってゆく
それから山一つ越した数キロ先が隣家という
そんな場所をひたすら歩いて
十軒以上の聞き取り調査をしなければならなかった
到着するまで旅行気分だったわたしは
そんな場所とは思いもよらず
とびきり上等の赤いハイヒールをはいて
その田舎町を訪れたのだ

初日から踵に血豆ができ
つま先は痺れて感覚がない
痛みに耐えかねたわたしは

えいや！　とアスファルトの上で靴を脱ぎ
真っ赤なハイヒールを左手に
裸足(はだし)で田園の一本道を
やけっぱちで歩いたのだった

そんな田舎で
さぞかし目立ったことだろう
と言いたいが
人っ子ひとり会うこともなく
とぼとぼと半時間ほど歩いたところで
一台の軽トラックが走りすぎ
たかと思うと
わたしのところまでバックをし
車の中から

二十代後半の男性が声をかけてきた
かくかくしかじか話をすると
「連れてってやるべ」
純朴そうな青年の様子
こちらの足は限界に近く
心の中で誰にともなく言い訳をしながら
わたしは助手席に乗せてもらった

到着すると
青年はそれまでの経緯を説明し
話すだけ話すと　では、
とお礼も言いそびれるほどの早業で立ち去った

訪問先では

おじいさん
おばあさん
おとうさん
おかあさん
そして二十五歳の一人息子
わたしの質問に対して
ひとつひとつ丁寧に
家族全員で答えてくれた
そして東京から来たわたしを
大変なもんだなぁとねぎらってくれ
お茶や蒸しパンでもてなしてくれた
そして言ったのだ

――うち へ

よめさこねえか

初めて調査で訪れた女子大生に
よめさこねえか
と勧めた母親の気持ちを考えるほど
わたしは思慮深くなく
アハハハハとあっさり
笑って流したのだった

宿に戻り
その日の出来事を同じグループの女子に話すと
わたしも
わたしも
わたしも

と行く先々で誘われたという

そして
なぜか
最近よく思い出すのだ
あの誠実そうな一家の一人息子のことを

わたしの前では何も言わなかったが
赤いハイヒールを手にぶら下げた裸足（はだし）の女を
彼は嫁にしたいと思ったのだろうか
あの後　だれかいい女性（ひと）にめぐり会えただろうか
と

母乳

わたしは妻
わたしは母
わたしは誰かの友人
わたしは両親の娘
わたしは社会の一員

三十年以上前
生後数週間の赤ん坊を夫に預け
夜　女友達とロンドンのクラブへでかけた

夫は楽しんでおいでとわたしを見送った
妊娠前と同じように

今ごろあの子は
搾乳器で絞り出された母乳を
父親に抱かれて飲んでいるだろうか

母乳の生成はやむことがない
わたしの胸は時間とともに
ポップコーンが弾けるみたいに
母乳で満ちてゆく
わたしは一時間おきに洗面所へ出向き
あの子のために作られる母乳をせっせと捨て
そのたびにあの子を思い出し

そのたびにわたしはこう言い聞かせたのだ

わたしは妻
わたしは母
わたしは誰かの友人
わたしは両親の娘
わたしは社会の一員

このうちの一人ではない
このうちの一人であってはならない
何かと闘うように
わたしは洗面所で母乳を捨てながら
意地でも帰ろうとしなかった

三時間ばかりして
友人が帰ろうかと切り出した
――だってあなた
　泣きそうな顔をしているよ
　ちっとも楽しそうじゃない

出産後はじめての社会参加から帰宅すると
夫はスヤスヤ眠るあの子を抱いたまま
わたしをやさしく抱擁した

だれのもの

5歳の甥っ子が遊びに来た春の日
ウルトラマンごっこで疲れ果て
「もう降参」と寝転んだら
遊び足りない甥っ子に
質問攻めの刑に処せられた
地球を守るウルトラマンを右手に持って

ちきゅうはだれのもの？
　みんなのものだよ

じゃあ、山もみんなのもの？
そうだね、いや違うな、山は持ち主がいるからね
山はみんなのものじゃないね
じゃあ、海はみんなのもの？
うーん、そうだね、海は所有者がいないからね
みんなのものかな、いや違うな、領海ってあるからね
みんなのものじゃないね
じゃあ、お空はみんなのもの？
空？　空はみんなのもの、いや違うな、領空があるね
みんなのものではないよね
えー、だって山も海も空もみんなのものじゃないんだったら
地球はみんなのものじゃないジャーン
まぁね、それは大人の事情というか、国の事情というか
つまりだね、ええと、そうよね、国があるからね

地球はみんなのものじゃないね
今ある国はどこも、ちっちゃい島だろうと
お隣さんとの境界線というのがあるんだよね

ウルトラマンを右手に持った5歳の甥っ子は
突然トゥアーっと奇声を発してウルトラマンに変身してみせた
オレがわるものをやっつけてやる
ちきゅうはみんなのものだって保育園のセンセーが言ってたぞ

効能はともかく

冬至の夜
ユズの代わりに
生前父が植えた柑橘の実
——直七（なおしち）——を湯船に浮かべる
ユズによく似ている
湯船に浮かんだ直七は
気持ちよさそうに
ほんのり黄色を輝かせ
わたしと対話する

今日も元気だったか
楽しかったか
すぐ正月がくるぞ
直七はおしゃべりで
ユズほど香りはないし
からだがあったまるのかどうか
ほんとうはわからないけれど
効能はともかく
わたしは直七でいい
直七がいい
直七と対話するのがいい
にんげんひとつくらい
効能よりたいせつなものを
もっていたい

日暮れの散歩

風渡る水田
木々映す川
日が沈み
千の色彩を放つ
光の空

刻々と世界は
薄闇を降ろし

山が眠り
虫が鳴き
川岸の向こうに
見える生家の影

過去も未来もなく
この世の交差点で
カタチはすべて
シルエットに変わり

いくつで死んでも
きっと後悔するだろう
いつ死んだとしても
おそらく幸せだろう

亡くなった父が昔
晩酌しながら
つぶやいたのは
こんな日暮れの
ひととき

ひと握りの遺灰

ひと握りの遺灰となって
父は
国際宅配便で帰ってきた

さらさらとした
白い粉状の
ひと握りの遺灰

遠洋マグロ漁船の無線士だった父は

生前　自分は魚のおかげで生きてこられたから
死後　この身は魚の餌として海に撒いてほしい
そう言い残して
南アフリカの地で生き終えた

遺灰は遺言通り
わたしの知らない遥か異国の地で
海に撒かれた
だから父は昔と変わらず
海流から海流へと
今でも旅を続けている
ひと握りの遺灰を除いては

父の遺志に背くと知りつつも

少しでいいからと頼み込み
薄い透明のポリ袋に入った
ひと握りの遺灰は
はるばるアフリカ大陸から戻ってきた

わたしの元へ

いまごろ父は
室戸の沖か
インド洋か
夏のクリスマスを祝うニュージーランドか
きっと鼻歌でも歌いながら
旅を続けていることだろう

マグカップと湯呑茶碗

洗い桶の水のなか
大きなマグカップのなかに
偶然
小さな湯呑茶碗がはまり込み
以来
ふたつは恋に落ちたみたいに
吸いつき合って離れない

熱湯で温めてみたり

氷水で冷やしてみたり
翌日はゴムで力ずく引き離そうとしたけれど
すっぽりはまったふたつの陶器
密着したままびくともしない

割るなら百円均一ショップで買ったマグカップ
とトンカチを握った瞬間ふと思いつき
そのままカップをうつ伏せて
しばらく放置することにした

一週間ほどしたある日の夕方
テーブルに伏せておいたマグカップの取っ手を持ち
トントントンと上下に揺らして軽く叩いてみると
何事もなかったかのように

湯呑茶碗はコトリと小さな音を立て
澄ました様子で現れたのだった

なんだ
やはり恋をしていたのね

マグカップと湯呑茶碗
きれいに洗って
それぞれ元の場所へ戻しておいた

重み

ねむるとき
じぶんのからだが
重くわたしにのしかかり
息苦しく
なんども寝返りを打ちながら
もう若くはないのだと
さらに重い心を抱いてねむる

そんな夜

きまってわたしの前に現れるのは　母
　いつかはあなたにもわかる時がくる
　　年を取ればみんなこうなる
ながい間
おとこもおんなも
だれもがこの重みに耐えて
夜を越えてきたのだろうか

横たえたじぶんのからだの重み
だれかの言葉の重みに
耐えながら

お知らせ

あたたかな秋の日
不思議な形の雲が
空に浮かぶ
眩しそうに見上げた母が
ぽつり　つぶやく

あら　何のお知らせかしら

クスクス笑うわたしにむかって

母もまたにっこり
天からのお知らせ
と思ったのかどうかはわからないけれど

あの日交わした
なんてことのない会話

おだやかな
今朝の空にも
明るく
きこえてくる

あとがき

詩は希望。
そう信じている。

誰かを想う応援歌であり、
恋歌であり、
いのちを愛おしむ言葉の束。
あるいは誰かとつながる形のない糸電話。

冷たい湖に沈んでいる、と思っているひとに、
ほんとうはあったかくて広い海を泳いでいる、
ってことを教えてくれる。

詩集は小説みたいに売れはしないけれど、
売れないだけで、きっと、どこかで、誰かに、読まれている。
そしてその人の心に、何か小さなカケラを残していくの。
短いしね。気軽に、手軽に、ぱらぱらっと、
深いところにある何かを手さぐりしたいときに、
ちょっと心が曇った日などに。
そのカケラ、心のどこかに、こっそりしのばせておきたい。

五十年後も、百年後も、人は変わらず、今の私たちと同じように、誰かと恋に落ちたり、破れたり、志を抱いたり、理不尽な現実に腹を立てたり、自分の行く末を不安に思って落ち込んだりしていることでしょう。

大切な人を失えば悲しんで、悔いたり、嘆いたり、やがて時間とともにそれらを思い出として振り返ったりすることでしょう。

なぜなら、それが人間だから。時代を超える人間の本質だから。

だから私たちは、五十年前の詩（例えば茨木のり子さんの詩だったり）や、百年前の詩（例えば金子みすゞさんの詩だったり）を、いまの自分と重ね合わせて心を震わせたりすることができる。何百年経っても、人間の本質はそう変わった

りはしない。

はるか遠い昔から、時代や場所が違っても、私たち人類は、同じ思いを胸に、生きて、それを言葉にしてきた。幸せな瞬間を求めて、今も同じ〈いのち〉を生きている。

だから、詩は希望。大切にしたい。


ちょっと周りを見渡せば、世の中には自分の知らない人たちが世界中にいて、想像もつかないような世界で生きていたりする。同じ日本の中でも、実にいろんな人がいて、いろんなことを考えていて、いろんな人生を生きている。当たり前だけど、私はいつもこのことを不思議に思う。そんな自分の知らない世界のことをたまに考えると、世界は広いと実感する。

詩も同じ。いつの時代にも、いろんな人が、いろんなスタイルで、いろんな詩を書いていて、それが面白い。そこに世界の広がりを感じるし、同じことを考えている人の詩に遭遇すると、なんだか嬉しい。

この詩集が要らなくなったら
どうぞ

古本屋か
学校の図書室か
町の図書館へ

遠い昔
図書室でめくった
たった一ページの詩が
わたしに出逢ってくれたように
この詩集が
いま　揺れる時を過ごす
誰かのところへ
流れつくことを願って

二〇二四年九月

やまもとさいみ

著者略歴

やまもとさいみ

1965年生まれ
既刊詩集『夢の途中』（2020年　土曜美術社出版販売）

所属
「兆」同人、日本現代詩人会、日本詩人クラブ、中四国詩人会、高知ペンクラブ、高知詩の会　各会員

現住所　〒781-5453　高知県香南市香我美町山北757-10
E-mail　saivinet@yahoo.co.jp

詩集　こんな日は空を見上げて

発行　二〇二四年十月十七日

著者　やまもとさいみ
装幀　直井和夫
発行者　高木祐子
発行所　土曜美術社出版販売
〒162-0813　東京都新宿区東五軒町三―一〇
電話　〇三―五二二九―〇七三〇
FAX　〇三―五二二九―〇七三二
振替　〇〇一六〇―九―七五六九〇九
DTP　直井デザイン室
印刷・製本　モリモト印刷
ISBN978-4-8120-2866-7　C0092